DRA. ISABEL

LA CANCIÓN DE GABRIELA

¿Cómo me adapto a un lugar nuevo?

con Eric Vasallo

ilustrado por Priscilla García Burris

rayo

—Gabriela, ¿estás mirando por la ventana otra vez? Ven, el almuerzo está listo —dice Mamá.

—¡Sigues soñando despierta? —añade mi hermano Andrés.

Andrés se cree un sabelotodo porque es el mayor.

Aunque es verdad que miro mucho por la ventana.

¡Pero es que hay tanto que ver afuera!

Por ejemplo, hay un lago rodeado de tres volcanes gigantes. ¡Me divierto muchísimo imaginando que los inmensos volcanes explotan y arrojan lava roja y amarilla hacia el cielo, como un espectáculo de fuegos artificiales sobre el lago!

Los volcanes no han explotado, pero
ha empezado a llover. Al principio, las
gotas de agua bailaban sobre el
techo de mi casa como duendes
con zapatitos de madera.

Luego, los fuertes vientos comenzaron a silbar por toda la casa y empecé a preocuparme. Respiré profundamente y canté mi canción secreta para combatir el miedo hasta quedarme dormida:

"Kíkiri-Kíkiri-kí, Kíkiri-Kíkiri-ká. Yo no tengo miedo, porque el miedo no me va".

Esta mañana, la lluvia y el viento siguen muy fuertes. La lluvia parece clavos enormes cayendo del cielo. A través de mi ventana veo que el viento tumba los árboles y que el agua del lago sube mucho, llevándose todo lo que halla en su camino. Ahora, mirar por mi ventana me pone triste.

Mis padres dicen que tendremos que marcharnos a vivir un tiempo con mi tía Anita en Estados Unidos. A mí eso me da un poco de miedo y mucha curiosidad.

¿Cómo será Estados Unidos? Nunca he vivido en otro lugar. ¿Podré hacer amigos nuevos allí? ¿Les caeré bien a los niños de mi nueva escuela?

En la escuela aprendí que en Estados Unidos se habla inglés. Allí también se comen cosas diferentes. Por eso les pregunto a mis papás:

—¿Podré comer un "banana split" en Estados Unidos?

Ellos se ríen.

—Sí, pero los "banana splits" son bien grandes —dice papá.

Me imagino un helado tremendo con bananas, sirope de chocolate y cerezas . . . ¡qué rico!

Las despedidas son difíciles, por eso no les digo "adiós" a mis amigos. Prefiero decirles:

—¡Hasta luego!

Espero poder verlos pronto, me encantaría que me visiten. Especialmente Flor, porque ella es mi mejor amiga. En el avión, comienzo a escribirle una carta. Se la enviaré tan pronto llegue a casa de tía Anita.

Hoy es el primer día de clases en mi nuevo pueblo y estoy muy
nerviosa. Mi mamá y mi tía me sonríen y me ayudan a alistarme, pero
yo preferiría ir a mi propia escuela con mis propios amigos.

Mi mamá me pone unas cintas rojas en el pelo y me dice:

—¡Cómo no vas a caer bien, Gaby, eres tan bonita! Conocerás
muchos amigos y la pasarás muy bien. Ya me contarás cuando regreses
por la tarde.

—¿Me vas a recoger de la escuela mamá? —le pregunto.

Mamá me mira a los ojos sonriendo y me contesta:

—Mi reina, tú sabes que nunca te dejaré sola.

Luego me abraza y me dice que tendremos muchas experiencias nuevas en Estados Unidos, pero lo más importante es que nuestra familia siga unida y feliz.

Camino a la escuela, yo canto mi canción:
"Kíkiri-Kíkiri-kí, Kíkiri-Kíkiri-ká.
Yo no tengo miedo, porque el miedo no me va".

Entro en la clase y los niños me miran como si fuera un animalito nuevo en el zoológico. Pero yo noto que hay niños de todos los colores y estilos: Hay niños chinos y mexicanos, puertorriqueños y cubanos, venezolanos y peruanos, ¡hasta rusos, japoneses e italianos!

En mi clase todos somos diferentes. De pronto, se me van los nervios y sin darme cuenta, sonrío.

Después de la escuela, mi mamá me lleva al parque. Casi enseguida, comienza a lloviznar.

Una niña cerca de mí comienza a llorar.

—¿Por qué lloras? —le pregunto.

—Porque le tengo miedo a los truenos y a los relámpagos —dice ella.

—No tengas miedo. ¿Te cuento un secreto? Cuando llueve, yo saco la lengua, miro al cielo y me imagino que la lluvia tiene los sabores más ricos que puedan existir.

Las dos sacamos la lengua al cielo.

—Ahora, imagina que cada gotita tiene un sabor distinto: fresa, chocolate, vainilla . . . —le digo.

Ella es bilingüe y repite los nombres de los sabores en inglés: "*strawberry, chocolate, vanilla . . .*"

Nos quedamos allí por un largo rato, riéndonos y mirando al cielo mientras saboreamos cada deliciosa gotita de lluvia que nos cae en la boca.

Ya es hora de irme, pero estoy contenta: Sarah es mi primera amiga en mi nuevo pueblo.

Durante la cena, papá dice que tenemos algo que celebrar: al fin ha encontrado trabajo. Dice que tendremos que mudarnos una vez más, pero que ha encontrado la casa perfecta. Papá dice que nuestra nueva casa está cerca de la casa de tía Anita.

Yo pienso: "Entonces también está cerca de mi nueva escuela y de mi nueva amiga Sarah".

Esta vez no tengo tanto miedo como la última vez que nos mudamos. Como dice mamá: "Lo importante es que nuestra familia siga unida y feliz". Además, ya tengo una amiga nueva y estoy aprendiendo palabras en inglés todos los días.

Ya sé decir *"My name is Gabriela"*, por ejemplo. Y si algún día vuelvo a sentir miedo, volveré a cantar mi canción.

—¿Quieres cantarla conmigo?

"Kíkiri-Kíkiri-kí, Kíkiri-Kíkiri-ká.
Yo no tengo miedo, porque el miedo no me va".

CONSEJOS PARA LOS PADRES

Todos hemos tenido que adaptarnos alguna vez de una forma u otra. Adaptarse a un nuevo entorno no es fácil para nadie, menos aún para un niño pequeño. Los niños necesitan formar parte de una estructura social y sentir la seguridad que proporciona el afecto de sus amigos y familiares más próximos. Por lo tanto, es especialmente importante que tratemos de facilitarles el proceso de adaptación para ayudarlos a convertirse en adultos responsables y en seres humanos felices.

LA DRA. ISABEL CONTESTA ALGUNAS PREGUNTAS:

¿Por qué toca este libro el tema de temores o pérdidas en la vida de los niños a causa de cambios de entorno?

Porque es importante reconocer los sentimientos que los niños experimentan en estas circunstancias ya que en muchos niños el impacto es tremendo.

¿Son comunes estos sentimientos?

Sí, aunque a algunos niños les duran más tiempo que a otros.

¿Tienen todos los niños reacciones negativas a los cambios?

No, hay niños que por su propia naturaleza y la de su hogar, reaccionan más positivamente.

¿Qué recomienda hacer en el hogar para ayudar a los niños a procesar estos sentimientos?

Póngase en el lugar de los niños y de cada uno de los miembros de su familia que está en la misma situación. Haga una lista de los sentimientos que piensa que siente cada miembro de la familia. Converse sobre la lista con toda la familia en la mesa después de la cena o en un momento de tranquilidad para todos.

¿Cuál es la importancia de reconocer los sentimientos de los niños y de dejar que los expresen?

> *Cuando se deja que los niños expresen sus sentimientos, esto les permite desarrollar herramientas que los ayudarán a enfrentarse a sus temores ahora y en el futuro.*

¿Cómo sabré si mi hijo/a ha sido afectado por un cambio de entorno?

> *Cuando los niños han sido afectados por grandes cambios en sus vidas, generalmente presentan síntomas como los siguientes:*

Temores

- *Temor de quedarse solos, aislados, lejos de su familiares o temor de que algo en general le pase a su familia.*
- *Temor a la oscuridad.*
- *Temor de que lo que ocurrió es culpa de ellos.*
- *Temor de que no van a encontrar amigos.*

Dificultades en el comportamiento

- *Irritabilidad.*
- *Comportamiento agresivo en la casa o en la escuela.*
- *Hiperactividad o comportamiento "tonto" o "loco".*
- *Quejarse por todo.*
- *Apegamiento excesivo.*
- *Dificultad para compartir propiedad.*

Síntomas depresivos

- *Aislarse.*
- *Cambios en el apetito.*
- *Insomnio o no querer dormir solos.*
- *Pesadillas.*
- *Tristeza.*
- *Perdida de interés en actividades preferidas.*

Dificultades escolares

- *Falta de concentración.*
- *Rehusar ir a la escuela.*
- *Falta de participación en sus actividades escolares.*
- *Bajar la calidad de sus notas escolares.*

Hable con su hijo/a y permita que exprese lo que siente; el diálogo suele ayudar a resolver muchos problemas. Si su hijo/a presenta síntomas serios por mucho tiempo, consulte los maestros de su escuela, quienes pueden en ciertos casos recomendar un psicólogo profesional.

A mis nietos, Marco, Gabriela, Alexandra, Enzo, Nico y Diego,
y a todos los niños latinos que enfrentan los cambios
en sus vidas con mucho valor.

Rayo es una rama de HarperCollins Publishers.

La canción de Gabriela

Texto: © 2007 por Dra. Isabel Gómez-Bassols y Eric Vasallo
Ilustraciones: © 2007 por Priscilla García Burris

Elaborado en China.

Library of Congress ha catalogado esta edición.
ISBN-10: 0-06-114102-X (trade bdg.) — ISBN-13: 978-0-06-114102-7 (trade bdg.)

Diseño del libro por Stephanie Bart-Horvath
1 2 3 4 5 6 7 8 9 10
❖
Primera edición